그대에게 행복을 팝니다

그대에게 행복을 팝니다

발행일 2024년 1월 11일
지은이 김장기
펴낸이 김장기
펴낸곳 도서출판 생각풀이

인쇄 (주)한솔에이팩스
디자인 정영수
표지그림 김지연

ISBN 979-11-976012-3-1
값 12,000원

시에세이스트의 행복 감성 시집

그대에게 행복을 팝니다

달샘 지음

매일매일

꼬박꼬박

행복 플러스+하기

도서출판 생각풀이

사람들은 성공하기 위해 돈돈돈 노래를 부릅니다.
남들보다 잘 먹고 잘사는 것을 행복으로 여깁니다.

하지만 성공한 사람이 행복한 것이 아니라
행복한 사람이 성공한 사람입니다.

_ 본문 중에서

서문

행복은 무제한입니다. 나는 깨어날 때부터 잠들 때까지 온종일 행복을 쫓았으며, 내 삶 속으로 깊숙이 행복을 끌어들이려고 한결같이 노력했습니다. 사람들은 빈번하게 행복을 노래하고 기대해도, 생활 속에서의 행복 체험은 말뿐이었습니다.

우리가 행복을 인식해도, 어떻게 이성적으로 행복한 삶을 납득하고 추구할 것인가에 대한 짙은 고민은 없었습니다. 주로 이런 생각을 한 두 번씩 던져볼 뿐입니다.

누가 행복한 사람들일까?
사람들은 행복과 어떤 관계가 있을까?
왜 사람들은 행복하려고 할까?
어떻게 해야 행복할까?

누구나 품어볼 수 있는 행복 의문입니다. 하지만 행복에 대한 고민은 막연했죠. 잠시 생각하다가 머리가 아프다며 쉽게 포기했습니다. 중요한 것은 내 삶 속에서 행복을 직접 체험하고 늘려 가는 일, 그래야 사람들은 더욱 행복했습니다.

줄곧 행복 고민을 도미노처럼 이어갔습니다. 내가 고민을 통해 얻은 행복 체험은 줄줄이 양념 꼬치처럼 매달려 있기도 했고, 회오리 감자처럼 내 삶을 휘감고 올라가기도 했습니다. 행복은 다채로운 종합선물세트와도 같았습니다. 사람들 마음에는 커다란 행복 항아리가 있고, 이 항아리는 매일 감성과 인성과 지성과 영성의 즐거움으로 채워야만 했습니다.

그래서 나는 매일 행복 항아리를 채워가며 의미 있게 살기로 다짐했습니다. 행복한 삶을 위해 담아 놓았던 행복 항아리 속의 이야기를 쉬운 감성시로 꺼내놓았습니다. 우리가 소유한 행복 이야기는 아낌없이 나눌 수 있는 진귀한 인생 피드백입니다. 누군가에겐 따듯한 미소이고 잔잔한 위로이며, 삶을 바꾸는 작은 계기가 되기를 소원합니다.

2024. 1. 4
달샘

목차

제1편 행복 찾기

제2편
행복 배우기

제3편
행복 누리기

제4편
행복 나누기

제 1 편

행복찾기

행복을 습관화하는 삶

누구나 행복하게 살 권리가 있습니다.
불행하게 사는 것보다
행복하게 사는 게
삶의 의미를 발견하고
기쁨도 건강도 누릴 수 있는 좋은 일이니까요.

하지만 모든 사람이 행복하지 않습니다.
누구나 행복을 추구할 수는 있어도
아무나 행복한 것은 아니니까요.

자기 삶 속에서 행복을 가득 채우기 위한
행복 생활화 과정이 필요합니다.
행복을 체화해서
나의 삶과 일체화하는 것입니다.
이를 위한 적극적인 방법은
우리 삶에서 행복을 찾고 배우며
키우고 나누는 일입니다.

우리 삶에서 행복을 체화하는 것이고
실천하는 생활 속의 사칙연산인거죠.

나는 끊임없이 끝없이
행복을 뒤쫓으며 살기로 했습니다.

함께 걷는 인생 길

좋든 싫든 매순간 행복을 생각해야 합니다.
매일 한 번이라도 행복을 노래해야 합니다.

행복은 찾고 배우고 누리고 나누며
함께 걸어가야만 할 인생 동반자이니까요.

그저 행복을 바라기만 할 뿐,
전혀 찾을 생각도 없는데
쉽게 다가올 리가 있나요.

제멋대로 겉돌기만 했던 과거에도
변함없이 바라보기만 했던 단 하나의 방향 노선
멋모르고 뒤쫓기만 했던 철부지의 인생살이

스스로 찾아가야만 했던 행복의 길이
왜 이렇게 오래 걸렸는지 모르겠습니다.

지금까지는

막연히 행복을 부르기만 했습니다.

행복도

내가 행복하기를 매번 바랬는데 말입니다.

행복 문외한

입만 열면
행복, 행복, 노래를 부릅니다.
그럴 때마다
가짜처럼 보였거든요.

행복은 누구나 원하는 마음인 것을
스스로 즐겁고 만족하면 되는 것을

그런데요. 마음이 즐거우면 되는 것을,
너무 간단해도
나는 잘 몰랐던 거죠.

행복을 저축하세요

매일 매일 행복을 한푼 두푼 모았다가
힘이 들 때 꺼내 쓰세요.

몹시 슬픈 날에 한번
매우 힘든 날에 한번
너무 외로운 날에 한번
아끼지 말고 마음껏 인출해서 쓰세요.

정말 힘들 때를 대비해서
차곡차곡 모아 놓은 행복 저금통

성공과 행복의 진실

사람들은 돈과 권력과 명예를 손에 쥐어야
행복한 사람으로 여깁니다.
세상적인 성공만이
행복의 진실인 것처럼 말합니다.

하지만 참된 행복은 다릅니다.
진정한 성공은
끊임없이 끝없이
행복을 추구할 때 주어지는 것입니다,

성공한 사람이 모두 행복하지를 않습니다.
성공은 그 자체가 행복이 아니라,
내 삶을 기쁨과 감사로 바꾸는 수단일 뿐입니다.

그래서 진짜 성공한 사람의 삶 속에는
참된 행복이 깔려 있습니다.

삶을 이끌고 가는 에너지는 행복입니다.
행복한 사람은 세상적인 성공을 얻는 것보다는
지금 내게 있는 것으로
어떻게 더 큰 행복을 누릴 것인가에 깊은 관심을 둡니다.

참된 성공은
그 뿌리가 행복에 놓여 있기 때문입니다.

행복을 부를 때

살아온 날들이 비참하게 느껴질 때
참담한 현실을 열어갈 힘이 없을 때
캄캄한 미래가 눈 앞을 가로 막을 때

“행복아, 빨리 뛰어와!
내 옆자리가 텅 비었잖아”라며 소리치세요.

힘껏 목 놓아
행복을 부르세요.

행복도 깜짝 놀라서
황급히 달려올 겁니다.

천국과 지옥

눈앞의 현실 상황을 보며

만족하는가,
또는 불만족하는가에 따라서

우리 삶은
천국도 되고 지옥도 됩니다.

행복의 기운

매일 나의 행복 수준을 측정해 봐.

따듯하고 포근한 기운이
내 안에 있다는 것을 알게 될 거야.

행복 플러스

날마다 꿈꾸는
내 삶의 선율

얼핏 보면 인생
다시 보면 행복 더하기

현재진행형의 행복

아무나 예약할 수 있는 게 아닙니다.
넉넉하게 보장할 수가 없으니까요.

누구이든 행복한 상태에 이를 때까지
내 안에 잠든 것을 깨우거나
행복한 상태를 뒤쫓아갈 수는 있습니다.

언제든 마음껏 누려야만 하는 게
나의 행복이니까요.

그렇다고 행복하고 싶으면
너무 미래에만 얽매이지는 마세요.
나의 행복은 눈 앞의 현실이고
늘 현재진행형이니까요.

어머니의 행복 조언

어머니는 말끝마다
이기심의 귓가에 대고
그저 행복하게만 살라며
귀찮을 만큼 떠들었습니다.

당부

당신도 누군가에게

따뜻한 기운의 행복 날개가 되라!.

행복 설계자

나는 지금 행복한가요.
마땅히 따져볼 수 있는 생각입니다.

만약 괴로워하고 있다면
꼼꼼히 원인이 무엇인지를 따져서
행복하도록 마음을 바꾸어야 합니다.

만약 활짝 웃고 있다면
세밀히 이유가 무엇인지를 따져서
행복한 상태를 더 끌어올려야 합니다.

행복한 것도
불행한 것도
각자의 이유와 원인을 갖고 있습니다.

너무 행복해서
더이상 묻지도 바라지도 않는 날까지
우리는 불행을 행복으로 바꾸는
행복 설계자여야 합니다.

행복의 소재

여기에 있는 것도 아니고
저기에 있는 것도 아니며

바로
내 안에 있는 너

행복한 인생

잘난 사람도
못난 사람도

인생 뭐 있겠어
그저 행복뿐이지

행복의 언약

행복을 구하라
그리하면 너희에게 주실 것이요.

행복을 찾으라
그리하면 찾아낼 것이요.

행복의 문을 두드리라
그리하면 너희에게 열릴 것이니라.

구하는 이마다 행복을 받을 것이요.
찾은 이마다 행복을 찾아낼 것이요.
두드리는 이에게 행복의 문이 열릴 것이니라.

* 주: 마태복음 7:7–8을 인용함.

깃털 같이 가벼워도

행복은 깃털입니다.

오늘도 내일도 붙잡지 않으면
바람에 날아갑니다.

너무 가벼워서
금방 사라집니다.

행복은 내 인생을 흥겹게 하지만
붙잡아 두지 않으면
깃털 같아서 순식간에 날아 갑니다.

일일 행복 도면

새벽하늘은 언제 보아도 시원하고 청량합니다.

새벽빛을 타고 맑은 기운이 흘러내리는 시간
정갈하게 소망을 품고 다가오는
하루의 신비가 솟아납니다.

아무리 우리의 삶이
절망과 불행과 좌절로 채워져 있어도

오늘만큼은
행복의 설계 도면을 그려보면 좋겠습니다.

우선 유쾌하게 웃는 모습을 그려보세요.
내가 즐겁게 웃고 있을 겁니다.

좋은 사람을 만나 재미있게 보내는 시간을 그려보세요.
내가 즐겁게 웃고 있을 겁니다.

열심히 일하면서 성과를 거두는 모습을 그려보세요.
내가 즐겁게 웃고 있을 겁니다.

보고 싶었던 사람과 통화하는 모습을 그려보세요.
내가 즐겁게 웃고 있을 겁니다.

일일 행복 도면은
때마다 순간마다
웃고 있는 내 모습을 그려내는 일입니다.

나의 하루하루는
행복의 도면 그리기입니다.

제 2 편

행복배우기

아는 만큼 행복한 거죠

사람들은 행복을 공부한 만큼 알게 되고
알게 된 만큼 깨달으며
깨달은 만큼 실천하며 삽니다.

막대한 에너지를 투입하는 게 아니라,
매 순간 자기 생각과 감정을 조율해서 누리는
내 삶 속의 따듯한 기운입니다.

그래서 언제 어느 상황에서도
불편하거나
억압받거나
두려워하지 않는
평안함을 누리는 행복 훈련이 필요합니다.

분명히 말할 수 있는 것은
아는 만큼 행복할 수 있는 거죠.

행복은
배우거나 경험해서도 얻을 수 있는
내 삶의 따듯한 기운이니까요.

행복의 숲

내 마음에는
세 그루의 행복 나무가 자랍니다.

하나, 나의 행복을 꿈꾸는 나무
둘, 당신의 행복을 꿈꾸는 나무
셋, 우리 모두의 행복을 꿈꾸는 나무

매일 나와 당신과 우리 모두를 위해
물을 주고
뿌리를 내리며
행복의 숲을 이루어야 합니다.

우리는
함께 어울려 사는 행복 정원입니다.

행복 공식

행복은
내 삶 속의 사칙연산입니다.

좋은 기분은 더하고
나쁜 감정은 빼고
받은 은혜는 곱하고
돕는 일은 나누는 것

나의 행복은
더하고
빼고
곱하고
나누는
사칙연산의 합습입니다.

너무 어렵게 생각하지 않아도 됩니다.

내 삶을 들여다보며
더할 것은 더하고
뺄 것은 빼고
곱할 것은 곱하고
나눌 것은 나누면
나는 행복한 사람입니다.

행복은
내 삶 속의 사칙연산입니다.

부부의 행복 고백서 *

나는 당신과 함께여서 행복했고
항상 만족했으며
당신과 함께했던 삶보다
더 좋은 삶을 알지를 못합니다.

당신과 함께했던 삶 속에서
당신이 내게 남겨준 행복으로
나는 최고의 삶을 만들고자 했습니다.

결국 당신이 내게 남겨준 행복으로
스스로 행복한 삶을 만들어가는 것이니까요.

당신이 내게 남겨준 행복으로
언제나
그래왔듯이
또 언제까지나 행복을 만들어갈 겁니다.

내게 가장 큰 행복은
당신과 함께했던 날들이니까요.

* 주: 애나 메리 로버트슨 모지스, <인생에서 너무 늦은 때란 없습니다>, 수오서재, 2017에서 인용함.

행복 스위치

행복은 길게 온on
불행은 짧게 오프off

그렇게 나를 가꾸다 보면
언제나 행복 온on

행복 높낮이

산들만 커다란 높이가 있고
바다만 심오한 깊이가 있는 게 아닙니다.

행복도
내 감정 상태에 따라서 끝없이 올라가거나
때로는 한없이 내려갑니다.

매 순간 높낮이가 다른 행복은
때로는 높은 산도 되고 깊은 바다도 됩니다.

세상을 밝히는 행복

마음이 행복으로 불붙기만 해도

여기저기

세상은 밝게 빛을 냅니다.

행복 비만증

내 삶이
날씬하고 없어 보이는
왜소한 모습은 싫습니다.

온통 넉넉하고 부유한
행복 비만증에 걸리고 싶습니다.

행복 리듬

오늘은 어제보다 더 좋고
내일은 오늘보다 더 나은

날마다
춤추는 내 삶의 선율

끊임없이
끝없이

선택

오직 세상적인 성공을 위하여
묵묵히 인내하며 살아야만 하는 걸까요.

그게 아니면
제대로 인생을 살아보기 위해
스스로 행복해야만 하는 걸까요.

나는 후자입니다.

덤

내게 있는 삶에서
나쁜 건 다 빼고 나면

남는 건
모두 행복일텐데

잘 익은 행복

행복은
둘 중의 하나입니다.

내가 가꾸어야 할 일은
설익은 행복을 잘 익은 행복으로 바꾸는 것입니다.

설익은 행복은
잠시 쾌락만을 좇아가거나
생각 속에서만 머무는 한시적인 행복,
또는 내 삶에서 체화하지 못한 행복입니다.

잘 익은 행복은
오랫동안 인내하거나
꾸준히 노력해서 겨우 얻어낸 행복,
또는 계속해서 자라나는 행복입니다.

행복은 설익은 것과 잘 익은 것
둘 중의 하나입니다.

행복도 푹 익혀 두어야 제맛을 냅니다.

행복 자산의 힘

지금 얼마나 행복한지 체크해 보세요.

우리는 행복 자산을 축적해 놓고
필요할 때마다 꺼내서 누릴 수 있을 만큼
충분한 자산을 갖고 있어야만 합니다.

하지만 사람들은 행복 자산을 전혀 채워놓지도 않고
무조건 행복한 삶을 기대합니다.

그래서 행복은 늘 멀리 있는 것처럼 공허하거나
막연히 세상적인 성공을 통해서
쟁취할 수 있는 것처럼 느껴지는 것입니다.

우리가 행복하려면
스스로 행복 자산을 채워놓아야 합니다.
행복은 소중히 여길 수 있어야 합니다.

누구나 행복을 쫓아가도
아무나 행복할 수 있는 건 아닙니다.

내가 슬픔에 빠져 있을 때
다시 행복한 상태로 옮겨갈 수 있는 것도
행복 자산의 힘입니다.

행복 번지수

매일 오르고 또 올라가야 하는 것은
세상 경력과 능력을 쌓는 게 아니라,
행복의 산이어야 합니다.

우리는 흔히
인생 번지수를 잘못 찾아가곤 합니다.

어릴 때부터 줄곧
주변에서 듣고 또 들었던 말이
성공해야만 한다는 것
공부해야만 한다는 것
노력해야만 한다는 말이었습니다.

이런 말들은 모두
세상적으로 성공하기 위해 필요한 것들인데
행복의 지름길인 줄 알고 마음 판에 새겼습니다.

반드시 행복을 성공보다 강조하는 말은
어디에서도 들어보지를 못했습니다.

그래서 경쟁주의 행복관을 갖고 있습니다.
내 삶의 행복 번지수가 잘못된 것입니다.

성공한 사람이 행복한 것이 아니라
행복한 사람이 성공한 사람입니다*.

* 출처 : SNS에서 발췌함

행복 체감 온도

지금 내 삶의 행복 체감 온도는
몇 도인지를 체크해야 합니다.

내 삶의 행복 체감 온도는
우리의 체온보다 높아서
우리를 늘 따듯하게 감싸 주어야 합니다.

그래서 항상 따듯해야지
차가워지면 곤란합니다.

내 삶의 행복 체감 온도는
현실에서 감사하고 만족하는
행복도입니다.

오늘보다는 내일

행복은 마음가짐의 힘이 큽니다.

나의 행복 수치를 측정해 보십시오.
물론 정확히 가늠하기는 힘듭니다.
행복은 지극히 주관적입니다.

하지만 나의 행복 상태를 비교해 보십시오.
어제보다도 오늘
오늘보다는 내일
언제 더 행복한가를 구별할 수가 있습니다.

나의 행복 수치는
오늘보다 내일 더 높아야만 합니다.
그게 정상적인 행복 코스입니다.

행복 유전자 전승

행복은 유전자 정보를 통해서 전승합니다.

유전자 정보는
나의 경험과 행동에 따라서 크게 영향을 받습니다.

우리 자녀들이 행복하기 위해서는
나의 유전자 정보가 행복으로 가득 차야만 합니다.

지금 하고 있는 일들
또는 앞으로 해야할 일들은
나의 행복을 증진시킬 수가 있어야만 합니다.

행복은 그만큼 의도적이고 계획적이라도
꼭 추구해야만 할 삶의 지향성입니다.

이렇게 행복한 삶을 기대하고 실천하면
나의 유전자 정보에 행복 인자를 기록하게 됩니다.

이때부터 행복 유전자는
세대와 세대를 이어가며 계승하게 될 것입니다.
나와 후손 모두가 행복하려면
지금 나의 행복 상태가 영향력을 끼치는 것입니다.

행복은 경험과 행동을 밑천으로
세대 간에도 계승할 수 있는 유전자 정보입니다.

재산만 상속하는 게 아니라
행복 유전자도 물려주어야 합니다.

다음 세대를 위해서라도
지금 행복하게 사는 게 나의 유전자 관리입니다.

행복 창조 활동

소득과 재산은 행복 그 자체가 아닙니다.

돈이 많다고
부자로 태어났다고
무조건 행복한 것은 아니죠.

내 안에 있는 것으로
이 순간에도
최대한 행복을 끌어낼 수 있는 지혜가 중요합니다.

내가 갖고 있는 것으로
행복을 끌어내는
행복 창조 능력을 알아야만 합니다.

이를 위해서 해야만 할 것은
일상생활에서도
체험적인 행복 창조 활동을 늘려 가는 일입니다.

그래서 생각날 때마다
행복을 찾고 누리는 시간을 가져야만 합니다.
꾸준히 체험적인 행복을 만들어가는 일이
곧 행복해지는 비결입니다.

그리움을 품은 행복

순간순간 그리운 사람이 있다면
당신은 행복한 사람입니다.

당신에게는
잊지 못한 좋은 추억이 있으니까요.

좋은 추억을 품고 산다는 것은
행복하게 살아갈 초석을 놓는 것이니까요.

누군가를 생각할 때 짙은 그리움이 샘솟는 것은
아직 당신에겐 행복의 기운이 감돌고 있는 것입니다.

행복한 인생을 위해서는 그리운 인연,
행복한 일들을 되새기는 삶의 지혜가 필요하니까요.

제 3 편

행복누리기

행복의 형체

행복은 색깔 없이
다채로운
꽃밭에서 놀고 있는
따듯한 바람입니다.

행복은 냄새 없이
탐스러운
꽃밭에서 피어나는
향긋한 향기입니다.

행복은
전혀 색깔도 없고 냄새를 풍기지 않아도
내 삶을 휘감고 돌아가는 근원입니다.

삶의 뿌리

삶이니까 행복합니다.

외로우니까 삶입니다.
서글프니까 삶입니다.
그리우니까 삶입니다.
부러우니까 삶입니다.
답답하니까 삶입니다.
연약하니까 삶입니다.
실패하니까 삶입니다.
포기하니까 삶입니다.

아무리 뿌리가 뽑혀도
행복하니까 삶입니다.

행복 공감

수백 번 듣고
수천 번 말해도

언제나 듣고 싶은 말

행복
또 행복

오늘은 나에게
내일은 너에게

나누고 싶은 인생 이야기
나도 그렇다.

긍정과 부정의 늪

누가 더 행복할까요.

낙관적인 사람과 비관적인 사람
긍정적인 사람과 부정적인 사람

누가 더 행복한가는
굳이 따져볼 필요가 없습니다.

낙관적인 사람은 행복합니다.
비관적인 사람은 불행합니다.

매 순간 낙관적이고 긍정적일 때
우리는 더 행복합니다.
행복은 내 마음이 만들어낸 선물입니다.

마음가짐 훈련

끊임없이 솟구치는
부정적인 생각과 감정을 다스려야 합니다.
좋은 마음가짐도 행복 훈련입니다.

힘들고 어려운 상황 앞에서도
행복을 누리는 사람이 있는가 하면
즐겁고 유쾌한 상황 앞에서도
어김없이 절망하고 좌절하는 사람도 있습니다.

두 사람의 차이는 너무 간단합니다.

평소 마음가짐을 훈련하지 못한 사람들은 입버릇처럼
"행복은 내 인생과는 거리가 멀어."라며 말합니다.

하지만 긍정 훈련을 받은 사람들은
"반드시 고난 뒤에는 행복이 찾아올 거야."라고 말합니다.

특정한 상황 앞에서도
행복을 누리느냐, 못 누리느냐는 마음가짐의 훈련입니다.

긍정적인 마음을 품게 되면
행복도 두 팔을 벌리고 뛰어옵니다.
그래서
긍정, 또 긍정이라는 행복 훈련이 필요합니다.

내가 행복하려면

어떻게 해야
우리는 행복을 체화할 수가 있을까요?

나는 사람들의 의식과 행동, 그리고
행복 성향을 관찰했습니다.

우리가 행복하려면 삶의 의미를 깨닫고
언제나 만족감을 누릴 수가 있어야만 합니다.

삶의 의미도 없고
꿈꾸는 일도 없다면
내 삶을 행복하다고 말하는 것은 거짓입니다.

최소한 희망이라도 품고 있어야지만,
현재의 삶에서도
쉽게 만족감을 누릴 수가 있습니다.

우리는 마음의 문을 열고
삶의 의미와 감정 상태를 식별하며
나의 발걸음을 행복의 세계로 들여놓아야 합니다.

내가 행복하려면
행복하기 위한 삶의 의미와 감정을
힘껏 깨닫고 껴안아야 합니다.

그렇다고
반드시 돈으로 살 이유는 없습니다.

불행을 다루는 법

과거의 불행했던 일들도
시간이 흘러가면 행복이 됩니다.
애틋한 한 편의 추억으로 자리 잡습니다.

그리고 오늘을 살아가는 삶의 에너지가 됩니다.
힘들고 어려웠던 기억보다는
뿌듯하고 따듯한 감성이
마음 깊이 뿌리를 내립니다.

그래서 세월이 흘러가면
내겐 또 다른 삶의 에너지가 됩니다.

비록 현재의 삶이 불행 앞에 서 있어도
크게 절망하거나 좌절할 필요가 없습니다.

불행을 불행으로 보지 않으면
언젠가는 행복의 밑거름이 됩니다.

따라서 현재의 불행한 일도
미래에는 행복의 밑거름이 된다는 것을 알면
불행을 다루는 마음이 한결 가볍습니다.

불행을 허무는 일

내 삶에서 행복은 무제한입니다.
그런데요. 스스로 행복하지 못하다며
자기 삶을 불행의 몫으로 채우는 것도 나입니다.

무한대로 행복을 넓혀가는 것도 나이지만
비참하게 제한하는 것도 나입니다.

결국 행복의 걸림돌은 나입니다.

스스로 불행 속에 가두는
잘못된 생각을 허물어 내지 않고서는
결코 행복할 수가 없습니다.

마음 속에 쌓여 있는

불행의 담벼락이 무너져야

나의 내면을 행복으로 채울 수가 있습니다.

생애의 의미를 채우는 말,

행복은 나의 근원입니다.

나는

불행의 삶이 아니라

행복한 삶을 살도록 창조되었습니다.

행복 비타민

가까운 가족이라도
함부로 방치하면 병이 납니다.
"함께 살아줘서 고마워요."
"사랑해 줘서 감사해요."라며
아낌없이 보듬어야 별 탈이 없습니다.

우리 곁에는
가까운 사이끼리 행복하게 만드는
좋은 말과 행동이 살아 숨 쉬고 있습니다.

돈보다 더 값진 이런 말과 행동에는
건강한 관계를 유지하는
행복 비타민이 듬뿍 들어 있습니다.

행복의 이유

부유한 가정에 태어났기에
행복한 게 아닙니다.

행복한 일을 뒤쫓았기에
행복한 것입니다.

행복을 가꾸는 일

무심코 도심을 바라보던 중에
행복도 마음에 심어야 한다는 생각이 들었습니다.

행복이란 인격처럼 다듬어져야 합니다.
내 삶에서 가꾸어야만 할 것은
좋은 품성과 지성도 필요했지만
즐겁고 평온한 감정도 가꾸어야 합니다.

매일 인격을 가꾸면 자라나듯이
매일 행복도 가꾸면 자라납니다.

어떤 상황 앞이든
좋은 감정과 기분을 끌어내며,
평온한 삶의 상태를 유지해야 합니다.

나쁜 생각과 감정을 제거하며
좋은 생각과 감정을 끌어내야 합니다.

그래서 행복을 스스로 책임지고 가꾸는 것은
내적으로 가장 심오한 창조 행위입니다.

행복도 꾸준히 갈고 다듬는
인생 예술품입니다.

행복을 가꾸어야지만
내 삶도 무럭무럭 자라납니다.

체험적인 행복 추구

우리 삶은 행복해야 합니다.
누구든 평생
행복을 추구하며 살아갑니다.

그렇지만 손에 잡힐 듯해도
쉽게 체험하기는 힘든 게 행복입니다.
눈 앞에서 놓쳐버리기 일쑤입니다.

행복은 철학이나 지적인 이해보다는
현실에서 생생하게 체험해야지만 내 것이 됩니다.

그저 생각이나 말뿐인 행복이 아니라,
직접 보고 듣고 겪어야만 하는 게 행복입니다.

행복 특권

행복은 실천하며
그 안에서 얻게 되는 삶의 만족감

어떻게 생각하고
어떻게 행동하는가에 따라서
내가 누릴 수 있는 삶의 즐거움

아무나 누릴 수 있어도
누구나 누릴 수 없는 삶의 권리

행복은 스스로 실천할 때
내게 다가오는 삶의 특권

또 다른 행복 시선

행복의 첫 번째 조건은
희망으로 가득찬 시선 갖추기입니다.

손경민 작가는 어두컴컴한 현실 상황에서도
"화려하지 않아도 정결하게 사는 삶,
가진 것이 없어도 감사하며 사는 삶"이라며
또 다른 시선에서 행복을 노래했습니다.

다른 사람들과 비교할 때
화려하지 않아도 가진 것이 없어도
정결하며 감사할 수 있는 것
그것이 행복의 시선입니다.

언제나 내 눈이 머무는 곳에
행복의 숨결이 머물고 있어야지만
불행에서 행복으로 옮겨갈 수가 있습니다.

행복도
내 눈의 시선을 따라 움직이는 힘이 있습니다.

따듯한 햇살 더미처럼
반짝거리며 눈길을 따라 이동합니다.

행복문답 幸福問答

우리는 어떻게 해야 행복할 수가 있을까요?

누구나 품어볼 수 있는 행복 궁금증입니다.
100세 철학자이신 김형석 교수는
자신이 쓴 <인생문답人生問答>에서 말했습니다.

"이기주의자는 오히려 행복을 욕심내기 때문에
행복을 잃어버릴 수가 있다."

산지식처럼 마음에 와닿았습니다.
삶의 현장에서
오로지 '성공' 만을 쫓아가지는 말라는 인생 혜안입니다.

우리가 행복하고 싶으면
나만을 생각하는 이기심부터 내려놓아야만 합니다.

그래야 행복한 나를 돌아볼 수가 있습니다.

스스로 낮아지고 겸손하며
자기 앞에 놓여 있는 삶을 소중히 여겨야만 합니다.
이기심 때문에 행복을 잃어버리는 것은
마치 잘 먹고 잘 사는 것이
행복이라는 이기심이 둔갑한 현상입니다.

우리가 이기심을 내려놓으면
세상 욕망을 내려놓을 수가 있고
세상 욕망을 내려놓으면
눈앞의 이기심 앞에서도 당당할 수가 있습니다.

우리가 행복하고 싶으면
복잡한 이기심보다는 겸손한 생각이 좋습니다.
너무 이기심을 앞세워 성공만을 부르짖지 말고
소소하고 사소한 일이더라도
나를 행복하게 만드는 일에 마음을 쏟아야만 합니다.

그래야 우리는
행복의 나팔 소리를 들을 수가 있습니다.

열심히 산 당신에게

행복해야 기적도 일어납니다.

이제껏 두 눈을 꼭 감고 살았잖아요.
희망을 잃지 않으려고 애를 썼잖아요.

언젠가 행복한 미래가 밀려올 것이라고
굳게 믿으며
포기하고 싶은 현실 앞에서도
내려놓고 싶은 절망 앞에서도

고난 다음에는 행복밖에 찾아올 게 없다며
스스로 고백하며 꿋꿋이 살았잖아요.

누구이든
한평생 행복할 수는 없잖아요.

비록 힘든 시간이어도
이 순간을 이겨내고
행복할 날이 멀지 않았다며
마음을 다해 위로해야지요.

좌절할 수 밖에 없는 시간 앞에서도
열심히 행복을 찾아가기 위해
포기보다는 마음을 다해서
내게 주어진 삶을 찾아가야만 하잖아요.

지금도 괜찮아요.
열심히 살고 있으니
충분히 잘 하고 있는 거에요.

지금이 행복할 때입니다

내일이 아니라
바로 지금 이 시점입니다.

사람들은 과거와 현재, 미래가 연결되는
시간의 흐름 속에서
행복한 삶을 꿈꾸며
순간순간의 행복을 기대하며 삽니다.

지금은 매우 힘들고 어려우니
행복할 상황이 아니라며,
이내 포기할 수도 있습니다.

하지만 행복은
지금 이 시점에 이미 와 있습니다.

물론 내일의 행복을 꿈꿀 수는 있겠지요.
그래도 행복은 지금 이 시점의 선물입니다.

재충전

너무 힘이 들면
잠시 쉬어가야지

왜 자꾸 앞으로만
달려가려고 해

제 4 편

행복나누기

행복의 숨결

몰래 감추어 놓은 내 삶의 숨결

매일 나를 기쁘게 하는 일들
우연히 행운처럼 다가오는 게 아니라
내 삶속에 가꾸어 놓은 숨결과 같은 일들
한결같이 나를 살아있게 만드는 심호흡입니다.

하지만 너무 속도감 있게 뒤쫓으면
오히려 도망갈 수도 있습니다.

그래서 행복하려면
행복감을 느끼는 일 자체를 존중해야 합니다.

내게 행복감을 안겨주며
내 삶을 더욱 확장하는 것들,
강제적으로 뒤쫓아가는 것은 아닐테지요.

내 삶에서 춤추는 행복의 숨결은
가만히 껴안으면 살며시 다가옵니다.

행복 나눔

행복은

함께 나누어야지

당연히 나누기 위해서

내게 온 행복

고가에 행복을 팝니다

얼마쯤에 팔아야만 할까요?
마음껏 행복을 누려본 일이 없는데
어떻게 합리적으로 계산할 수가 있을까요.

그래도 살 사람이 있으면 손을 번쩍 들고
저요! 저요!
마음껏 불러보세요.
행복을 향하여 손을 들고
비싼 값을 부르는 것은 인생 용기입니다.

이런 분께는 고가에 행복을 팝니다.
누군가 행복을 사고 싶으면
헐값에 거저 사가려고 하지는 마세요.

행복은 고가에 사면 살수록
더욱 의미있게 다가오니까요.

가난도
고난도
실연도
운명도
모두 겪어낸
내게 있는 행복을 고가에 사가세요.

행복은
다이아몬드보다도 진귀한 인생 보물이니까요.

당신께만 드릴께요.

사랑만큼 행복한 것은 없다

사랑만큼 행복한 게 있을까요.
누군가를 생각하며 소중히 여기는 마음

남편이든
아내이든
자녀이든
친구이든
기억 속의 인연이든

나와는 연결고리를 갖고 있는 사람들
그들이 조금이라도 더 행복할 때
내게는 기쁨이 넘쳐납니다.

이게 행복의 최적화입니다.

행복은
주변 사람을 깊이 사랑할 때
훨씬 둥글게 부풀어 오릅니다.

그래서 행복은
함께 나누는 인생 공유재입니다.

행복으로 무장하는 것

머리에서 발 끝까지
갑옷을 입듯이 행복한 삶으로 채워보세요.

그 일이 어렵다구요.
인간성장연구의 최고 권위자인
조지 베일런트(George E. Vaillant)는 <행복의 완성>에서
인간의 행복은 긍정적인 감정에서 비롯된다고 밝혔습니다.

이렇게 말합니다.
"행복해지려고 노력하라. 그러면 불행보다는 행복을
한층 더 좋아하게 될 것"이라며 고백했습니다.

내 삶을 행복으로 가꾸는 첫 걸음은
머리에서 발 끝까지 긍정적인 감정을 갖고
낙관적인 태도를 통하여 즐거움을 느끼는 것입니다.
이런 노력을 기울이면
모든 삶의 영역에서
행복 에너지를 순환시킬 수가 있습니다.

행복은 우리 삶에도 기운을 불어 넣습니다.
내 마음과 생각과 말과 행동이 긍정적이면
매일매일 행복과 함께 걸어갈 수가 있습니다.

행복 만들기

나는 행복이
그리운 사람입니다.

젊어서부터 무릎 꿇고
하나님께 항복했더니

대뜸 하나님께서
"너는 어떤 사람이 되고 싶냐"고 물으셔서
나는 글을 쓰며 선교하는 삶을 살고 싶다고 했더니

내 삶은
울퉁불퉁 자갈밭도
구불구불 벼랑길도
횡설수설 사막길도
모두 걷고 걸었다는 생각이 들었습니다.

괜히 그때는 그랬는가 싶었는데
막상 돌이켜 보니
그 길이 행복이었습니다.

때론 스스로 몸을 낮추고
작은 것에도 감사할 줄 알게 된 그 길
내겐 행복이란 걸 알았습니다.

만약 하나님이 또 내게 물으시면
누군가에게 나도
행복한 그리움이 되고 싶다며
지금껏 살아온 날을 돌아보고 싶습니다.

누군가에게 그리운 사람이 되는 것은
이별이 아니라
또 다른 만남을 기다리는
행복 여정이기 때문입니다.

인생은
하나부터 열까지 행복입니다.

행복도 배워야 합니다

행복을 배우는 것은 후불제가 아닙니다.

오늘의 행복은
어제의 노력과 땀의 결실이기도 합니다.

내일의 행복은
지금 나의 노력과 땀의 결실이기도 합니다.

그래서 좀 더 행복하려면
오늘도 내일도 배우고 익혀야만 합니다.

오늘의 노력과 땀방울이
내일의 행복을 만들어가듯이
행복도
미리 공들이고 배워야만 내 것이 됩니다.

행복을 배우는 것은 선불제입니다.
먼저 행복한 후에 대가를 지불하는 게 아니라,
아낌없이 대가를 지불한 후에 다가왔습니다.

함께 웃는 행복 나눔

행복이란 건
홀로 누리는 것만은 아니지요.

함께 어울리고 같이 나누는 것이지요.
산소처럼 대가 없이 숨 쉬고
물처럼 아낌없이 흘러보내며
여기저기 활짝 핀 마음을 나누는 것입니다.

그러면 너도나도 함께 어울리고
함께 웃을 수가 있으니까요.

그래야지만 더 행복하니까요.
활짝 핀 얼굴은
행복 전염성이 강한 마음입니다.

행복 테크닉

행복 테크닉은
삶을 다듬고 가꾸는 재간이고
경험이며 솜씨입니다.

나를 즐겁게 다루는
행복 기술이 필요합니다.

매일매일 키워내야 할 것은
행복 능력입니다.

행복 어울림

행복의 능력은 차원이 달라도
서로 어긋나거나 부딪침 없이 잘 어울려야 합니다.

음식점에서 맛있게 식사할 때 행복합니다.
커피숍에서 좋은 친구를 만날 때 행복합니다.
도서관에서 재미 있는 책을 읽을 때 행복합니다.
하나님 앞에서 진솔한 마음으로 기도할 때 행복합니다.

내게 행복을 안겨주는 것은
감성적, 인성적, 지성적, 영적 근원이 다릅니다.

비록 행복의 근원이 달라도
행복은 전반적인 삶의 조화이며 어울림입니다.
사람마다 행복을 추구하는 모습은 달라도
내 삶에서의 행복 근원은 조화를 이루어야 합니다.

우리 삶은
다양한 행복의 근원들이 함께 춤을 출 때
행복수준이 훨씬 높아지는 어울림 마당입니다.

징검다리 행복

우리는 삼백 예순 다섯 번의 해맞이와
삼백 예순 다섯 번의 달맞이를 끝내는 날

일 년간 낳은 행복이를 생각합니다.

또다시 삼백 예순 다섯 개의 해와 달이
서로 뜨고 질 때를 기다립니다.

하늘도
땅도
사람도
시간도
하루하루 행복의 징검다리를 밟으며
숨 가쁘게 건너가야 할 삼백 예순 다섯 날

그날이 그날같이 불행의 시간이 흘러가도
곳곳마다 행복의 징검다리를 놓으며
삼백 예순 다섯날을 건너가야 합니다.

훌쩍 불행을 뛰어넘을 수 있는
행복의 징검다리를 놓을 줄 알아야만
삼백 예순 다섯날 내내
삶의 만족도가 다릅니다.

행복해서 행하는 것

말하기가 조금
낯 뜨겁고 부끄럽기는 합니다.

우리가 뒤돌아보지 말고 쫓아가야 하는 것은
행복이니까요.
아니, 행복하고자 행하는 일입니다.

행복이라는 말이 낯설고
생소하게 느껴질 수는 있어도

이 순간 내가 누리는 삶의 만족감은
행복해서 찾고
행복해서 묻고
행복해서 행하는 겁니다.

사랑도
봉사도
나눔도

특정한 삶의 모습으로 좇아가는 게 아니라
그 일이 행복하니까요.
그저 묵묵히 그 일을 행하는 겁니다.

이 순간 내가 누리는
삶의 의미도
행복해서 오고
행복해서 가며
행복해서 행하는 겁니다.

행복 호출하기

행복은
늘 마음에서 불러내야 합니다.

“행복아, 이제는 내게로 와,
너를 맞이할 모든 준비가 끝났어.”

누군가의 행복 고백이 마음을 울립니다.

내 곁에는 행복한 일들이
친밀하게 머물러 있어야만 합니다.

매번 우리가 행복을 부르면
자기를 부르는 줄 알고 열심히 뛰어옵니다.

행복도 인지능력이 있어서
자기를 좋아하고 부르는 사람이 있으면
어디든지 거부감 없이 달려갑니다.

행복 품기

매일 가벼운 행복 하나라도 주세요.
슬플 때는
따듯한 웃음 한 조각이라도 마음속에 품게요.

매일 포근한 사랑 하나라도 주세요.
외로울 때는
따듯한 바람 한 조각이라고 마음속에 품게요.

이도 저도 아니면
매일 어여쁜 사랑 하나라도 주세요.

그리운 정감이라도 붙잡고
다정한 마음 나누며 이 세상을 힘껏 살아가게요.

행복을 부르는 기적

기분이 안 좋고

슬플 때는

허공을 향하여

행복, 행복, 행복해 보세요.

전혀 생각하지도 않은

기적이 일어납니다.

자나 깨나 행복

자나 깨나 불조심?
아니지요.

매일 이러쿵저러쿵 해도
깨어있을 때 행복한 거죠.

문득 행복이라는 말 그 자체가
사람을 행복하게 만드는 힘이 있다고
눈에 보이지 않아도 믿게 된 거죠.

그날부터.
자나 깨나 행복입니다.

행복 공유재

행복은 더 쉽게 얻을 수가 있습니다.

만약 쉽게 얻을 수가 없고
엄청난 노력과 공을 들여야만 한다면
별도의 특권층만이 누리는 독점재일 겁니다.

행복은 나만의 독점재가 아니라
공동으로 사용하는 공유재입니다.

같이 노력하고 나눌 때
더 쉽게 얻을 수 있는 인생 공유재입니다.

행복 키우기

마음껏 행복을 꿈 꾸어 보세요.
생각만 있으면 되는 일이거든요.

한 번쯤 살펴보며 돌아볼 수는 있잖아요.
마음 판에 좋은 것을 그려보는 일이거든요.

숱한 세월 속에서 사라졌던
한줄 한줄 즐거운 일들을 기억해 보세요.

기억 속에 감추어둔 좋은 감정이
온몸으로 덮쳐올 거에요.

내려놓아야 할 것들

뭐가 그렇게 무겁니!

돈과 권력
명예
욕심
재산

그딴 건 많지 않아도 돼.

앞으로 춤추며 걸어가야만 할
행복한 일들이 더 많잖아.

못난 욕심 내지 마

커다란 용기가 필요해.
쓸모없는 일을 내려놓을 때는
마음속 깊이 자라난 미련을 버려야 해.

내가 무엇인가를 얻으려고
내 것을 내려놓으려고 할 때는
정말 커다란 용기가 필요한거야.
미련없이 양보하면 어떻니
그때가 생명력을 느낄 수 있는
가장 아름다운 순간일텐데.

절대 그 순간에도
못난 욕심으로 생명력을 잃어버리지는 마!

행복 가꾸기

행복이라는 꽃은
바로 그거야

누군가가 너에게
좀 더 겸손할 것을 기대하면

내가 부족하기 보다는
그 사람의 기대가 큰 거야.

태어날 때부터 넌 겸손했어.
성장할 때에도 넌 겸손했어.

나를 향한 그 사람의 기대가
나를 향한 그 사람의 마음이
내 곁에 머물고 있을 때
좀 더 겸손해지기 위해 연습해봐.

아름다운 꽃을 피우려면
인격도 가꾸는 거야.
행복도 가꾸는 거야.

그래 바로 그거야.
행복도 가꾸어야 꽃을 피우거든

사랑은 나쁜 게 아니야

사람을 사랑하는 게
나쁜 게 아니야.

인생을 사랑하는 게
나쁜 게 아니야.

제대로 사랑할 수 없으니까,
내 마음이 흔들리고 요동치는 거야.

누구보다도
내 인생을 사랑하는 마음을 품어봐.

슬픔도 외로움도 절망도
햇빛을 받고 따듯하게 웃고 있을 거야.

행복 탄력성

행복은 마음이 평온하고
삶은 생기가 있는 거야.

희망을 계속 불어넣으면 탄탄해지고
가만히 내버려 두면 홀쭉해지잖아.

아무리 행복한 순간을 맞이해도
아무리 불행한 순간을 맞이해도
또다시 예전 상태로 돌아가지는 말어.

최고의 행복은
어제보다 시간이든 기운이든
조금씩 더 늘려가면 돼.

행복은
하루아침에 완성되는 게 아니야.
좋은 마음 상태를
늘렸다가 줄였다가를 반복하며
매일 한 걸음씩 늘려가면 되는 거야.

행복한 사람

행복하다는 것은
세상을 향해
늘 마음 한 칸을 남겨 두고 있어

그곳에
가난하고 힘든 이들로
한가득 채울 수 있는 시간을 남겨 둔 사람

나보다 먼저
가난한 사람들을 돌보는
고운 마음을 가진 사람

그곳에
연약하고 못난 이들로
한가득 채울 수 있는 공간을 비워 둔 사람

나보다 먼저
연약한 사람들을 돌보는
여린 마음을 가진 사람

그 누구이든
행복의 마음을 품고 있어
가난하고 연약한 이들을 돌보며
세상을 곱게 물들이는 사람이다.

행복 메아리

어느 시인은 이렇게 고백합니다.

"아낌없이 나를 다 던질 수 있는
좋은 그대가 있기에
나는 참 행복합니다."라며

그래서 대뜸 그 말을 바꾸었습니다.

"나는 참 행복합니다.
좋은 그대와 사랑이 함께 있어서
아낌없이 나를 다 던질 수가 있습니다."라고

이런 고백은
앞으로든 뒤로든
나를 행복하게 만듭니다.

그래서 우리 삶 속에는

나는 참 행복합니다.

나는 참 행복합니다.

나는 참 행복합니다.

나는 참 행복합니다.

.

,

날마다 끝없이

마음에선 행복 메아리를 울립니다.

독자 여러분!

행복을 마음껏 체험하십시오.